KB142401

초록빛 바람

박예상 제3시집

초록빛 바람

2024년 8월 26일　초판 1쇄 인쇄 발행

지 은 이 | 박예상
삽　　화 | 박예상
펴 낸 이 | 박종래
펴 낸 곳 | 도서출판 명성서림

등록번호 | 301-2014-013
주　　소 | 04625 서울시 중구 필동로 6 (2, 3층)
대표전화 | 02)2277-2800
팩　　스 | 02)2277-8945
이 메 일 | ms8944@chol.com

값 12,000원
ISBN 979-11-94200-18-5

박예상 제3시집

초록빛 바람

도서출판 명성서림

시인의 말

초록 물결 잔잔한 청평호반의
작은 카페에 앉았습니다.
창밖으로는 조각구름 떠있고
탁자에는 미완성의 작품들이 뒹굴고요.

시집 한 권 내는 것은
딸아이 시집 보내는 것과 같다는 말도 있지요.
그처럼 신경 쓰이는 것이 많다는 비유인가요.
이번의 '초록빛 바람'은 세 번째 아이가 되네요.
그러나 이번에도 역시
은근히 조심스런 마음입니다.

고개 들어 파아란 하늘 한 번 바라봅니다.
산도 강도 스쳐가는 바람도
온통 초록 옷을 입고 있네요.
초록은 저에게는 꿈이고 사랑이며
모든 것들의 평화입니다.
그 푸른 빛깔이 제 시의 여기저기에서
은연중에 묻어나오고, 또한
그 초록을 오래오래 지니고 싶습니다.

지금까지 많은 가르침 주신 한국문인협회의
이경 교수님께도 큰 감사드립니다.

2024년 초여름에
청솔 박예상

차례

2 하얀 나비의 춤

3 달꽃

6 겨울날 거미를 만나다

7 아빠별의 편지

제1부

풍경과 초록 바람

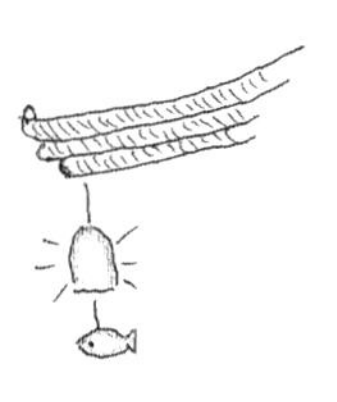

풍경風磬과 초록 바람

붉은 노을 하염없이 바라보는
추녀 끝 작은 풍경
외로움 안고 한 줄기 바람 기다리는데

불어온다 해도
산새 둥지 흔들어대는 바람이라면
스쳐가는 텅 빈 그림자들
잘도 운다 속없이 말하겠지만
진정 내 마음은 그런 바람 때문에
등 떠밀려 울고 싶진 않아

정말 정말 기다리는 것은
지친 마음 봄햇살로 감싸주며
챙그랑 챙그랑
맑은 노래 함께 하고픈
초록 바람이야, 작은 꿈이야

기다리는 봄

쌓인 눈 녹으면 봄이 찾아와
기다리던 꽃 피워준다 말들 하지만
두 손 놓고 기다리기만 해도
틀림없이 그 봄이 와줄 것인가

아직도 얼어붙은 들판 바라보면서
봄바람의 길목 하나 마련 못한 채
애타는 기도만 걸어 놓고서
봄을 탐하는 이 모습 부끄러울 뿐

오늘도 저녁노을은 붉게 물들고
겨울 그림자 떨치지 못한
이 가슴엔 찬바람만 몰아치는데

빈손으로 떠난다 해도

푸른 꿈 안고
땀 흘려온 초록 잎새
어느덧 빛바랜 계절 흰머리 되어
시리고 낯선 바람결 밀려가는데

달빛 아래 나래 접는
산기슭 부엉새야
저 낙엽 빈손으로 떠난다 해도
애 타는 슬픈 울음 잠시 멈추고
차라리 은은한 사랑노래로 감싸주어요

이제는 기쁨도 아픔도 지녔던 것도
한 줌 그림자로 띄워 보내고
근심 없는 내일로 가는
훨훨 저 영혼이 발길 가볍게

그대라는 꽃에게 - 꽃 1

때로는 서럽다 하여
아무데서나 울지 말고

때로는 외롭다 하여
아무 손이나 잡지 말아요

언제나 그대는 꽃이니까요

봄날의 고향

푸르른 봄날
뒷산 언덕배기 올라서면
흐르는 솔향기 가슴 적시고

실개천 스치는 들판
풋풋한 보리내음 일렁거렸지

봄햇살 내려앉는 한낮의 뜨락
노오란 유채꽃도
철부지 바둑이도 꿈에 젖는데

봄쑥국 먹이려 장독대 오가시던
아픈 무릎이건만 미소 띄운 어머니

가고파라, 그 시절 봄날의 고향

그냥 그렇게

햇살도 눈보라도 마주치면서
지나온 길 되돌아보면

산다는 건
만남과 만남의 이어짐이고
그 또한 언젠가는
안타까운 이별 되는데

비바람 몰아치는 어느 날
정든 꽃잎 떠난다 해도
너무 슬픔에 묻히지 말아요
그냥 그렇게 타고 넘어요

만남이란 인연도 이별이란 숙명도
너른 품 하늘이 마련해준
우리네 삶의 한 조각이기에

벚꽃 날리면

되돌아보면 지난겨울
흰 눈 쌓인 이 길에서 행복했건만

오늘은 혼자 걷는 발길 위에
슬픔으로 내려앉는 하얀 꽃잎들

말해다오, 바람아
아프도록 시린 가슴
이제는 무슨 노랠 불러야하나

화사해서 더욱 서러운
사월의 벚꽃
애타는 그리움 되어 흩날리는데

그대를 향해

초록빛 뜨락에
봄햇살 눈부시게 내려앉으면

아련히 피어나는 그대 모습에
통통 뛰는 이 가슴
더 이상은 참을 수 없어

이제라도 바람 되어 달려가야지
그 길의 돌부리들 건너뛰면서

짙은 향기 설레게 하는
시리도록 붉은 장미
그대를 향해

아씨 할미꽃

행여나 오늘은
님 오실까요

봄햇살 내리는 언덕에 앉아
보송보송 아가털로 곱게 감싸고
발그레 수줍은 얼굴 내밀었는데

다들 모르나 봐요
사실은 태어난 지 얼마 안 되는
한창 꽃다운 아씨이건만

그냥 스쳐가게 만드는
할미라는 그 이름 너무 야속해

너른 마음 봄바람아
괜스레 살랑대지만 말고
어서어서 내님을 데려다 줘요

모두 다 친구

햇님 따라다니며
키가 큰 해바라기

발아래 놀고 있는
못생긴 잡초들 창피했는데

이른 아침 나타난 햇님
"잘 잤나요? 친구들아!"
그들에게도 정다운 인사 보내요

이 말 들은 해바라기
속으로 미안했는지
살며시 살며시 고개 숙여요

저 하늘 한 점 별

다 컸다 말하지만
물가에 내어놓은
걱정거리 아이라며

오직 사랑의 힘 하나로
긴 세월 거친 파도 막아서면서
배고플세라 뒤쳐질세라
가진 것 살점까지 내어주시고

끝내는 여린 몸 노을에 젖어
가고파 벼르던 남쪽 고향
남겨둔 채 푸른 밤하늘 오르셨기에

이 밤도
눈물 어린 그리움만 띄워드리는
저 하늘 한 점 별이여
어머니라는 그 이름이여

제2부

하얀 나비의 춤

하얀 나비의 춤

기우는 달빛 아래
일렁이는 바람 타고
소리 없이 춤추는 하얀 나비

은은한 연꽃 날개로
오르는 듯 미련 던지고
내리는 듯 아픔 지우며

홀로된 흔적 하나 안고
이제는 어디로 떠날 것인가

모든 인연 순간으로 사라진다 해도
시린 눈물 젖지 말아요

훨훨 저 나비의 춤
근심 없는 내일로 가는
티 없는 영혼의 몸짓이려니

달과 함께

붉은 노을 떠나고 나면
차가운 어둠만이 에워싸는데

지친 가슴 텅 비었다 해도
홀로 외로워하고
홀로 서러워하지 말아요

올려다보면
동그랗게 미소 짓는 저 달
서로의 눈빛 주고받으며
그렇게 이 밤을 함께 걸어요

저 달은
외로움도 서러움도 품어주는
우리네 다정한 동반자니까

꽃 그대가 - 꽃 2

세찬 비바람 맞으면서도
시련 있어 다져진다며

동그랗게 대답 하셨죠
세상 모든 것에 감사한다고

그렇게 행복의 길 귀띔해준
꽃 그대가

호접난

파아란 하늘 어디에선가
기다리고 있을 님 보고파

높다란 꽃대 올라
나비보다 우아하게
보랏빛 날개 달고
은은한 향기도 품어 왔는데

지난날 고이고이 길러주신 정
차마 쉽사리 떠나지 못해

오늘도 하늘 향해
애타는 사랑만 띄우고 있는
시리도록 화사한 자태, 저 호접난

밝게 산다는 것

창문을 열어요
마주치는 모든 것
햇살인 듯 맞이하고

마음을 열어요
미움도 아쉬움도
말없이 스르르 지워버리며

밝게 산다는 것
그것이 또 하나의 행복인 것을

모두 다 인연

길섶에서 손짓하던
이름 모를 꽃
터벅이던 발걸음 달래어주고

뜻밖에 몰아치던 비바람
한 밤이 지나고 나면
해맑은 햇살 되어 들어서듯이

되돌아보면 모두 다
저마다의 의미가 되고

삶의 길 외롭다 말들 하지만
수많은 사연으로 다가오고 사라져간
모든 만남들 인연이기에

그 발자국 담겨있는
기쁨과 슬픔 또한 안고 가야지

아시나요, 클로버의 말

초롱초롱 봄 이슬
동그란 입 머금고 있는
양재천 클로버 초록 꽃밭엔

고운 얼굴 찾으려
숱한 발길들 돌고 도는데

그대도 아시나요
네 잎이 던지는 말 행운이지만
세 잎이 건네는 말 행복이예요

그 세 잎 버리지 말아요, 사랑해 줘요
바라보는 그대 눈동자에
이 봄이 행복하도록

별빛 바라기

푸르던 하늘
밤의 무대 펼쳐지면
수줍은 듯 들어서는 수많은 별들

밤이면 그 별들 왜 반짝이는지
가슴 저미는 이 밤에야 알게 되었지

넘을 수 없는
가시 벽 부딪혀 피 흘리는
그 사랑 이 땅에선 지닐 수 없어

먼 훗날 밤하늘 다시 만나
끝없이 주고받는 눈빛이기에

그대여 눈물 거두고 꿈을 지켜요
언젠가는 우리의 별 반짝일테니

봄날을 걷다

눈보라치던 지난 겨울
긴 긴 기다림의 화답인가

양재천 휘감던 얼음 녹이며
산수유 노랑 꽃등 매달아 주는
봄바람이 다정해

잃어버린 사랑의 상처도
지나온 삶의 아픔도
이제는 모두 다 지워가면서

가슴 열고 초록 길 걸어가련다
이 푸르른 봄날에

나팔꽃의 소망

비 그친 여름날
창가에 앉아 눈짓 보내는
보랏빛 얼굴 저 나팔꽃

아침부터 기다림 속에
상큼한 미소 펼치는데
보고픈 님
바람결에 살며시 다녀가셨나

이제는 다른 손길 닿을까봐
부지런히 입술 다무는
청초한 그녀의 소망 하나는

향기 없는 꽃이라 말들 하지만
가슴 속 사랑향기
맑은 눈빛 그님만은 알아보시길

붉은 물결 사랑의 강

꽃피고 낙엽 지던 숱한 계절을
눈길 마주하고 걷던 이 강가

때로 괴롭고 즐거웠던 그 사연들
붉은 사랑 감싸 흘려보냈는데

찬비 내리던 겨울밤
가지 말라고
아직은 가지 말라고 몸부림쳐도
사랑해요 눈빛만 남기고 떠나간 그대

아파하던 그 가슴 다독이고파
디시 찾은 이 물결
두 송이 붉은 장미 띄웠건만

차마 떠나지 못해
차마 헤어지지 못해
이 밤도 젖은 눈가 맴돌고 있는
붉은 물결이여, 사랑의 강이여

제3부

달꽃

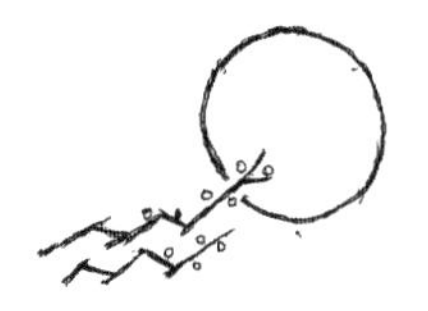

달꽃

지친 발길 무거워도
일렁이는 갈대밭 따라
손잡고 모여들던 축제의 강변

이윽고 푸른 밤 나래 펼치면
높이 높이 솟구쳐 올라
터지던 불꽃, 화사하던 군무

그 꽃들 떠나간 자리
또다시 고요만이 들어서는데
이 밤의 마지막 선물인가

금세 사라져간 불꽃보다도
허전한 가슴 둥글게 보듬어 주는
밤하늘의 꽃이여, 그 달꽃이여

들판에 서서

오늘도 푸른 산은
모두 오라 손짓하고

말없는 들판은
가슴 넉넉히 열어주는데

아직도 비우지 못해
휘청이는 나
언제쯤이면

높은 산 너른 들판의
눈빛 한 자락이라도 닮을 것인가

노을 젖은 산그림자는 벌써
저 들판 한 모퉁이 스쳐가건만

꽃에게 - 꽃 3

대답해 봐요

살며시 그대는 내게 들어와
햇살 같은 미소 펼쳐주더니

어이해서 오늘은
떠나가는 슬픔 던져주는지

분명코 인연으로 만났는데
열흘 보다 오래오래
함께하면 정녕 안 되는 건지

봄을 기다려

눈보라치던 긴 겨울 밤
지쳐버린 우리는 서로에게 물었지
봄은 언제 오느냐고, 기다리면 올 것이냐고

아직도 찬바람 몰아치지만
창밖의 저 강을 바라보아요

겉으론 안 보인다 해도
눈 덮인 얼음장 밑에는
가녀린 봄의 숨결 일렁이고

아련히 감도는 물안개 속엔
우리네 꿈들이 발돋움해요

그래요, 믿으면 되요
가슴 속 기도 무르익으면
틀림없이 새 봄이 들어선다고

깊은 밤 빗소리

여름날 깊은 밤
쏟아 붓는 장대비

골목길 땅을 치고
거친 숨소리 내뱉으며
이 밤을 뒤흔드는 것은

삶 속의 아픔들
말 못한 채 하늘로 올라
토해내는 먹구름의 울음일 텐데

이 골목 어느 지붕 아래
어린 자식 끌어안고 친정 돌아와
입술 깨문 저 여인은
모르는 척 차라리 돌아눕는가

동백꽃에게

아마도 모를게야 너는

가을날 햇살 기울면
노을빛 네 품에 안겨
지친 시름 띄워버리고

겨울이면 하얀 눈 이고
꽃송이인 듯 눈송이인 듯
실바람에 일렁이는 몸짓 가슴 설렜지

이제는 찬 겨울 지나
봄비 머금고 반짝이는 네 붉은 입술
마주보는 이 숨결 차오르는데

아마도 모를게야 너는
떨어지는 꽃송이 너무 아쉬워
모두모두 끌어안고
얼마나 훨훨 날고 싶은지

산의 선물

솔숲 가득 푸른 산 보며
발길 내딛는 친구에게 물었지
힘들고 거친 길 왜 오르느냐고

미소만 짓던 그 얼굴
땀방울 쏟아내며 높은 곳 오르더니

가슴 열고 뱉어내는
갇혀 있던 소리
붙어 있던 미련과 원망

그렇게 몸과 마음 비운 탓일까
내려오는 눈빛에 감도는 평화
그래, 그것이 삶의 향기인 것을
그래, 그것이 산의 선물인 것을

흐르는 세월의 뜻

출렁이는 은빛 물결 타고
흘러가는 낙엽, 흘러가는 사연들

그 안에 스며있는
반짝이던 기쁨도
비바람 치던 슬픔도

강물 떠밀고 가는 세월을 따라
아련한 뒤안길로 사라지기에
쌓이고 머물러 아픔 되는 것보다
차라리 다행스런 일

강물도 낙엽도 떠나간다는 것은
한편 아쉽고 한편 고마운
흐르는 세월의 착한 뜻인가

석촌호수의 밤

화사한 벚꽃 길에
미소 짓던 발길 사라지고

이제는 외로워진 가로등
날리는 꽃잎들만 세고 있는데

하루 또 하루 걸으며 지친 가슴들
다정한 눈빛으로 달래어주던

달도 별도 힘들어 잠들 때에는
사르르 내려와 나래를 접는
깊은 밤 초록빛 품 석촌호수

친구여, 그대 있기에

만나야지, 그래 만나야지
맘먹고 시계바늘 후루룩 걷어내지만
이런 저런 그물에 발목이 걸려
메아리만 남기는 우리네 모습

자고나면 초라해지는 이 몸
초록 노래 한 잎 띄우려 해도
바람은 비틀 비틀 꿈을 흔들고
사랑은 또 왜 이리 힘들어지나

어느덧 서쪽 하늘 붉게 물드는데
친구여, 이 한 잔 받아주게나
이 아픔 받아주는 그대가 있어
내 삶의 한 페이지 살 수 있기에

숨은 외로움

가을밤 달빛 아래
바람타고 춤추는 하얀 갈대밭

모두가 늘 그렇게 웃는듯해도
저마다의 가슴 한 편엔

홀로된 사랑의 그림자처럼
막 내린 무대 위 흩어진 꽃잎처럼

문득문득 시려오는
숨은 외로움

그것이 삶 속에 만나야하는
피치 못할 멍에라 하면

차라리 끌어안고 함께 가야지

제4부

가을날 포장마차에서

가을날 포장마차에서

붉은 노을 스며드는
가을날 포장마차 구석에 앉아
친구여, 더 이상은 묻지 말게나

산다는 건 어차피
스스로 풀어야할 자기만의 숙제
때로는 그 무게 두 어깨 짓눌러도
세상 원망 훌훌 떨치며 걸어가 보세

걷다가 비 만나면 젖기도 하고
걷다가 남몰래 눈물 스치면
슬픔 녹인 한 잔 술로 지워버리고
밤이면 지녀온 사랑 품어주게나

뒤돌아보니 친구여
그대 또한 참으로 수고 많았네
살얼음 같은 하루하루 살아내느라

외로운 수변무대

서편 햇살 안고
날아드는 단풍잎
잔물결 타고 흐르는데

머무는 발길도
찾아주는 산새도 없이

붉은 노을 바라보며
덩그러니 앉아있는 이 수변무대

차마 그냥은 지날 수 없어
받았던 사랑노래 돌려주련다
쓸쓸한 네 눈빛 외롭지 않게

꽃이 하는 말 - 꽃 4

낮이면
찌는 더위 세찬 바람도 감싸 안으며

밤이면
오막살이 풀벌레와 속삭이면서

미움 지운 사랑으로
한 세상 살아가자 보여 왔건만

아직도 이기심에 젖은 사람들
언제쯤이면
햇살품은 마음으로 철이 들까요

단풍잎과 흰 머리 소녀

스치는 갈바람 타고
붉은 단풍잎 흩날리는데

때로는 햇살 안고
때로는 비바람 맞으며
먼 길 지나온 흰 머리 소녀

고운 잎새 책갈피 넣어두던
푸르던 날의 추억 그리워
설레이며 단풍잎 뒤적이건만

잔주름 내려앉은
오늘의 손길이 쥐고 있는 것은
잃어버린 세월의 흔적인 것을

여의천 청둥오리

유리알 여의천 물가
싱그런 갈바람 타고
코스모스 한들한들 춤을 추는데

금빛 은빛 나래 입고
하얀 징검다리 맴돌고 있는
저 맑은 눈 청둥오리들

어릴 적 시골 이야기 나누며
가을길 거니는 벗님들에 건네는 말

우리도 살짜기 끼워주셔요
오늘 비록 여기 있다 해도
우리 또한 가고픈 고향 있으니까요

달과 구름

비 개인 가을밤
앞산머리 떠오른

둥근 달 곁에는
무언가 근심 젖은 구름 한 조각

가야할 길 다르건만
저 달이 붙잡아서일까
저 구름이 떠나기 싫어서일까

언젠가는 헤어질 것 알면서도
조각구름 품어주는 넉넉한 저 달

가을산 너른 마음

불러온 구름 금세 사라지고
키워낸 꽃 쉽사리 진다해도
시린 안타까움 홀로 삭이며

계절이 뿌리는
비바람 찬 서리도
말없이 말없이 품어주는 산

긴 세월 다져온 마음 속에는
만나는 모든 것
가슴 열고 맞이한다면
잔잔한 삶의 꽃길 갈 수 있다며

붉은 사랑 수놓아준 단풍마저도
등 굽혀 갈바람에 떠나보내는

어디로 가려는가

찬 서리 세찬 빗줄기
쓰러질 듯 온 몸으로 이겨냈는데

이제는 낯설고 시린 바람 불어
입술 깨물고 흩날리는 하얀 갈대잎

지난날 싱그럽던 초록 눈빛
등 떠미는 계절에 잃어버린 채
붉은 노을 내리는 이 저녁

어디로 가려는가
말없는 강물 따라 흘러만 가는
추억마저 빛바랜 저 갈대잎은

가을 밤 코스모스

달무리 흐르는 밤

내 조출한 기억의 뜨락에
한 자락 그리움 스쳐가는데

푸르던 날 마음의 문틈으로
여린 꽃잎 한 점 던지고 간

그님의 마음인가
밤이슬 머금은 채 한들거리는

가을 밤 분홍 코스모스의
아련한 저 눈빛은

떠나가는 낙엽

붉게 물든 단풍 잎새
한 잎 한 잎 떨어지면
파란 하늘 그만큼 또 열리고

열린 마음으로 걷는 사람들
가슴 한 켠 남아있는 미련도 원망도
날리는 잎새 따라 지워 가는데

이 길에 갈바람 스치고 가면
모든 것 비워낸 낙엽들

바스락 바스락
삶의 짙은 이야기 들려주면서
이제는 멀고 먼 길 떠나가는가

달빛 떠난 갈대밭에서

푸르던 계절엔
찾아드는 눈빛들 반짝거렸지
혹여 놓칠세라 손가락 걸고
달님 향해 천년약속 띄웠었는데
거친 벽 부딪혔을까
이 가을 갈대밭 길섶엔
상처 입고 뒹구는 글자들, 사랑이라는

어느덧 강변에는 갈바람 스치는데
사랑 잃은 사람아
못 잊어 그 추억 뒤적이는 사람아
홀로라도 이리로 와요
달빛 떠난 오늘엔 이 갈대밭 품에 안겨
아픔도 그리움도 실컷 토해요
함께 눈물짓는 갈잎 노래가
가슴 속 남은 상처 지워줄테니

제5부

쉼표 따라서

쉼표 따라서

흥겨운 노래 속
가쁜 숨결 고르는 쉼표 없다면
아름다운 선율로 살 수 있을까

힘겨운 이 길
우선멈춤 같은 쉼표 없다면
쉽사리 여기까지 올 수 있을까

무거운 하루를 타고 넘으며
마주친 아픔들 다독여주는
밤이라 부르는 넉넉한 쉼표처럼

문득문득 만나는 그들의 뜻을 따라
쉬엄쉬엄 가야지
숨차게 걸어온 발자국에 담긴
욕심의 그림자 떨쳐가면서

이 밤 그대는

가을비 하염없이
유리창 흐르던 밤

입술 깨물고 떠나간 그대
지금은 어떤 모습 젖어 있을까

깊은 밤 홀로 찾은 이 카페
분홍빛 와인잔에 아른거리는

그대의 슬픈 미소
애타는 눈빛
시리도록 이 가슴 저며 드는데

이제라도 띄워야지

가을비 창문 적시는 밤

흐르는 빗방울에 아른거리는
인연이기에 만났던 얼굴 얼굴들

또다시 손잡을 수 없다 해도
지난날 주고받던 그 눈빛이
시린 그리움으로 되살아나

이제라도 바람결에 띄워야겠다

비록 그 시절 아프고 슬픈 날 있었지만
말 못한 채 묻어두었던
참으로 사랑했다, 그 한 마디를

꽃, 너의 정체는 - 꽃 5

꽃아, 묻노니
너의 정체는 무엇이더냐

감히 누구라도 펼칠 수 없는
화사한 자태
오묘한 향기
이토록 신비스런 빛깔을 보면

틀림없어, 너는
햇살 타고 내려온 요정
마법사 요정인 게야

어떤 갈등의 선물

궂은 비 내리던 봄날
흔들리던 가슴 속에
칡나무 작은 싹 돋아났건만
눈 흘기며 등나무도 하나 파고 들어와
폭풍우 여름에도 서릿발 가을에도
팔 뻗고 다리 걸며 긴긴 날 다투었는데

흰 눈 날리던 어느 겨울 밤
문득 거울 속에 비친 그들의 모습,
언제부터였을까, 모르는 사이에
사실은 서로를 기대 안고 있었지
헛된 미움 지우고 눈빛 함께하는
사라진 갈등이 남겨준 선물
늦깎이 사랑이라 이름 붙였지

붉은 노을의 길

마지막 정열 모두 불태워
설레며 바라보던 노을아씨
붉게 물들인 햇님

손잡고 가지 못하는 안타까움
홀로 삭이며
바람타고 서산머리 넘어가셨네

어이할거나 저 노을아씨
붉은 옷깃 곱게 여미고
깃털같이 가녀린 몸짓
님의 발자국 따라가야지

별빛 초롱초롱 수놓아주는
짙푸른 밤하늘 그님 곁으로

겨울 소나무

소곤대던 앞산 머리
흰 눈 덮이면
이 겨울 늙은 소나무는

아련한 그리움
가슴 한 편 접어두고서

오늘은 차라리
하얀 겨울잠 청하려한다

아직도 강 건너 멀리
빈 걸음만 서성이는
초록빛 새 봄
어쩌면 꿈길에서 볼 수 있겠지

지난 밤은

모두가 예쁘다 칭찬할 때
어린 꽃
눈앞의 낮에게 감사하는데

세찬 비 맞으며
어둠 속에서도 그 아이 키워낸
지난 밤은

다만 저만치에서 미소 지을 뿐

불꽃

너는 아느냐

아련하게 흰 눈 날리는
겨울날 해질 무렵

동그란 품안에서
훨훨 솟구치는 춤사위로

사무치는 그리움 띄워보내는
또 하나의 꽃

이토록 화사하게
애태우는 불꽃을
꽃아, 너는 아느냐

차라리 꽃으로

차라리
꽃으로 때려다오

거친 말 내던지면
서로의 가슴에
보이지 않는 상처 되지만

미운 말 안으로 담은 꽃송이
머리맡 놓아두면
그대의 뜻 은은히 스며들 테니

거칠게 내던지는 말 보다는
차라리
한 송이 꽃으로 때려다오

비바람 속에서

걸음마하는 아가 잎새들
초록 옷 입혀주는 봄비 고맙고
찌는 더위 여름날
숨통 틔워주는 소낙비 반가웠는데

어느 날 갑자기
몰아치는 태풍의 심술이었나
혹은 넘어지고
혹은 쓸려가는 아픔과 상처

어쩌면
착한 비 미소에 젖어
잊은 채 살아왔던
우리네 어리석은 탓이 아닐까

눈앞이 평화로 보일 때
내일 속에 숨은 발톱
살피며 살피며 가야한다는 것을

제6부

겨울날 거미를 만나다

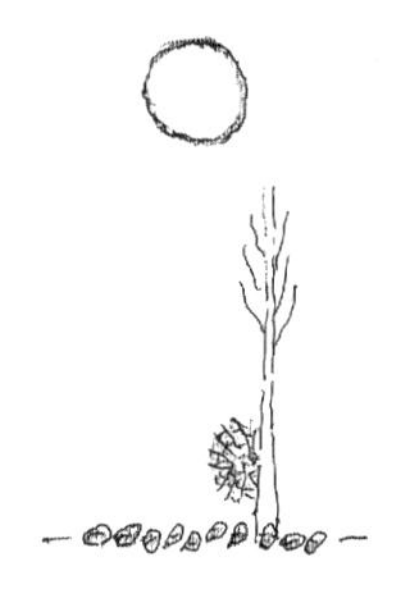

겨울날 거미를 만나다

가랑잎 쓸려가는 겨울날 공원
문득 마주친 거미 한 마리
돌고 도는 그물 한 복판 눌러앉아
눈 감은 채 무슨 생각 젖어있는가

아직도 걸려있는 나비 날개 한 쪽
그처럼 숱한 삶이 오고 갔듯이
태어났기에 돌아가야만 한다는
멀고 먼 그 길이 아른대는데

한 움큼 더 쥐려 했던 지난 세월이
헛된 그림자였다는 그들의 한숨
빈 가슴 저려온다 해도 슬피 울진 말아요
차디찬 겨울바람에 밀려
이 세상 다녀간 흔적마저 지워지는 날

에워싸던 근심 모두 떨쳐버리고
자유가 되는 거야 너는, 훨훨 자유가

다시 돌아갈 거야

여기일까 저기일까
마음이 머물고픈 자리 찾아서

불 밝은 카페도
비 젖는 골목길도 뒤적였지만

아무데도 어디에도 앉지 못했어
흐르는 숨결 맞지 않아서

그렇게 떠돌다 지쳐버린 오늘
비로소 느낀 거야 찾아낸 거야
나래 접을 둥지는 역시나 그곳

키 작은 들꽃과 눈빛 나누는
한 자락 삶의 이야기 서정시의 품

꿈꾸는 겨울나무

떠나보낸 아가들
이 겨울이 추워 보여
마른 잎 뿌려 포근히 덮어 주고

이제는 지닌 것 없이
쓸쓸한 가지 위에
하늘 가득 내리는 눈
화사한 눈꽃으로 달래 주는데

푸르던 모습 가슴 맴도는
겨울나무는
아픔 속 간직한 꿈 되새겨 본다,
기다리고 또 기다리면
언젠가는 만나겠지, 연둣빛 아가들

꽃에도 슬픔이 - 꽃 6

꽃아 너 또한

그토록 사랑했던 님
입술 깨물고 보내야하는
시린 아픔 있었나보다

눈물인 듯 젖은 네 얼굴
화사하게 가렸다 해도
슬픈 빛 아련히 감도는 걸 보면

꽃길이라 말했던가요

향기 살아 흐르고
결코 지지 않는 꽃들의 길이라기에
여린 가슴 설레며 찾아왔건만

세찬 비바람의 시샘 탓일까
흐르는 시간의 빛바램 탓일까
아파하며 흔들리는 숱한 꽃잎들

그 아가들 미처 몰랐던 가요
반짝이는 사랑의 그림자 뒤엔
차가운 눈물 숨어 있다는 것을

아, 사랑 하나 끌어안고 들어선 이 길
그 누가 꽃길이라 말했던가요

겨울날 벽난로 마주앉아

싱싱하던 여름날엔
푸른 꿈 함께했는데

갈바람 몰아치던 어느 날
입술 깨물고 떠나야했던
한 장의 여린 꽃잎

이제는 카페의 창문 넘어
하얀 눈꽃 흩날려 가고
마주앉은 벽난로에는
화사하게 춤추는 붉은 저 불꽃

어쩌면 되돌아오고픈
그 꽃잎 애가 타는 춤사위 같아
이 가슴도 불꽃 되어 뛰어들고파

보니또의 자작나무

살갗 에이는 찬바람 너무 힘겨워
먼 길 돌고 돌아 찾아온 이 곳

포근한 정이 흘러 살기 좋다는
청계산 아랫녘 카페 보니또에서

이제는 편안한 제자리인 듯
창가에서 미소 짓는 자작나무들

옆에 선 벽난로가 펼쳐 보이는
빠알간 불꽃춤에 그리움 녹이며

짙푸른 하늘 향해 기도 띄운다
두고 온 고향의 그 사랑 위해

가을날 고추잠자리

뜨거웠던 여름날에도
땀 흘려 날갯짓하던 고추잠자리

지나온 무게에 지쳐버렸나
노랑 국화 걸터앉아
아련한 추억들 뒤적이는데

찬 서리 짙어지면
계절 밀고 가는 바람 따라서
어디론가 먼 길 떠나겠지만

그 길 외롭다 해도 슬퍼하진 말아요
푸르던 날 깊이 새긴 한 점의 사랑
붉은 가슴 속 살아있으니

세월, 그놈을

우리 모두 수없이 외쳤지
나이는 숫자에 불과하고
지금도 마음은 청춘이라고

그런데도 그제는
힘들게 올라간 눈썰매장
손자 안고 한 번도 타지 못하고

친구 생일 어제 밤엔
옛 추억 찾아간 나이트클럽
여지없이 문 앞에서 퇴짜 맞았지

그래 그래, 정 그렇다면
속상한 오늘 밤엔 그놈 붙잡아
내 청춘 돌려달라고
한 잔 두 잔 어르고 달래 보다가

끝내 눈 홀기며 안 돌려주면
이제라도 아예
술통 속에 꽁꽁 가둬야겠다

꽃 그림자

파아란 하늘 가
흰 구름 한 점 흘러가는데

구름 속에 담겨있는
꽃의 그림자

지녔던 빛깔도 향기도 다 비운 채
피어났기에
져야만 하는 것이
꽃의 길이라 말 하였던가

저 그림자 눈물 스쳐도
가녀린 가슴 속에는
붉게 붉게 맴도는 사랑의 기억

이 길 거칠다 해도

터벅터벅 걸어가는
비탈진 길섶에서 마주친
가시 돋친 나뭇가지 너무 미워서
차라리 눈길도 마음도 닫으려는데

무슨 뜻일까
가려진 잎새 사이
붉은 꽃 송이송이 보여 주네요

우리네 걷는 길
고통의 바다라고 말들 하지만
그래, 네가 알려준 게야

비록 이 길 거칠다 해도
작은 꽃들 산다는 것을,
박혀있는 미움 지우면
작은 기쁨들 보인다는 것을

제7부

아빠별의 편지

아빠별의 편지

흰 눈 날리는 밤
모두가 평화롭게 잠들었건만
이 무슨 피치 못할 시련이련가
험악하게 달려드는 불길 속에서
두려움 보다는 목숨 같은 사랑을 택해
주저 없이 너를 안고 뛰어내렸지

몸은 비록 으스러졌다 해도
마음만은 푸른 하늘 별이 되었으니
아빠가 그리울 땐 아가야
별을 보며 우리 이름 외쳐 주렴아
지난날 못다 준 아빠사랑
햇살처럼 별빛처럼 뿌려주려니

아가야 부디부디
향긋한 꽃길만 걸어가 다오

* 2023년의 성탄절 깊은 밤. 서울 방학동 어느 아파트의 3층에서 치솟는 불길 피해 4층 아빠는 7개월짜리 딸을 안고 뛰어내렸다. 그 사랑 힘으로 아가는 무사하였지만 아빠는 끝내 별이 되었고, 하얀 국화 밀려든 장례식장엔 온 국민의 눈물이 일렁거렸다.

꽃의 빛 - 꽃 7

어느 날 갑자기
이 땅의 모든 꽃 사라졌다 하면
그건 바로 암흑일 거야

그래,
아침 햇살만이 빛이 아니고
너 또한 빛이야

살아가는 가슴들 밝게 비추는
기쁨의 빛이야
사랑의 빛이야

어디로 사라졌을까

선물인가, 하늘 가득
춤추며 내려오던 하얀 눈송이
돌담 아래 은빛 길 펼쳐주었는데

그 많던 눈꽃덩이
슬그머니 어디로 사라졌을까

아 그래. 아마도
시샘 많은 비바람이 더럽힐까 봐
혹시는 발 빠른 봄의 전령이
게으름 피운다고 야단칠까 봐

아가인 듯 품에 안고 떠나간 게야
남몰래 뒷걸음치던 그 겨울이

사랑 한 점은

이 땅에 아가 하나 태어나면
하늘나라에도 아가별 얼굴 내민다는
동화 속 이야기 따라

그 아가 걷는 길
햇살도 비바람도 마주치면서
길고도 짧은 한 때 타고 넘는데

서로가 다른듯해도
지나보면 닮아있는 우리네 가는 길

언젠가는 노을 젖은 바람결에
두고 온 하늘가 되돌아가는
착한 별들의 인연이려니

푸르른 이 땅 함께 살다가는
별이 별에게
사랑 눈빛 한 점은 주고 가야지

갈대의 춤

깊어가는 가을 밤
외로운 달빛 아래

잔잔한 강물 지키고 서서
그림자 흔들리는 빛바랜 갈대

조각구름 바라보며
하얀 손 흔드는 것은

미움도 욕심도 떨쳐버리고
이처럼 빈손으로 흘러가라는

모두 다 비워낸 맑은 춤사위

차라리 내가 먼저

반짝이던 내일의 꿈 화사했는데

찬바람 옷깃 스미는 이 밤
긴 말보다 더욱 진하게
달빛 타고 흐르는 그대의 눈물

이제야 문득 느꼈지
아파오는 사랑밖에 가진 것 없는
초라한 이 가슴 접어야 한다는 것

그래, 말없이 붙잡은 손 뿌리치고
차라리 내가 먼저 떠나가야지

더 이상은 그대 두 뺨 적시지 않게

바보인가 봐

이 산과 저 들에는
꽃 피고 낙엽 지는
햇살과 찬 서리 있다 해도

우리네 가는 길
또박 또박
착하게 걷고 걸으면
한결같이 봄날일 줄 알았는데

시린 바람 긴 겨울
삶의 이 길에도 닥친다는 것
이제야 멍하니 바라보면서
오늘도 가슴앓이만 하고 있는 나
나는 정말 바보인가 봐

첫눈 내리는데

노을빛 내릴 무렵

포근한 카페 창문 너머로
새하얀 눈꽃 펄펄 날리면

뒤돌아서 눈물 감추던
그 아픔 아련히 스쳐가는데

참았던 그리움 불러낸 것은
마지막 그 한 마디 때문인가요

겨울이면 첫눈 되어 돌아오마던

한 잔 커피 마주앉아

창밖에는 함박눈
빗겨 내리고
마주앉은 커피 잔엔 감도는 얼굴

때로는 햇살 되어 사랑도 하고
때로는 서리 되어 다툼도 하며
그렇게 숱한 계절 넘어왔는데

창가 스치는 한 장의 낙엽
모든 것 품어 안으라 귀띔하기에

흔들리던 가슴 다시 여미고
마른 길 젖은 길 함께 갈 사랑
약속시간 지났다 해도 미소로 기다리는 것

어쩌면 이 또한 행복인 것을

이 겨울 동백꽃

속절없이
흘러간 날들

천년의 약속마저
데려갔지만

눈물 젖던 님 그림자
오늘도 아픈 가슴
흔들고 있어

차가운 눈
온 몸 쌓인다 해도

솟아나는 그리움
태우고 또 태우는
이 겨울 붉은 동백꽃

남쪽 항구 친구에게

수많은 계절
모르는 사이 스쳐갔지만

내일엔 그대 숨결 흐르는
남쪽 항구 부둣가에서
가슴 속 노래 함께 펼쳐요

바람결에 들려오던
눈물도 상처도 모두
부서지는 파도 위에 던져버리고

별빛 어리는 우리의 잔에
미소로 흐르는 추억
살며시 피어나는 꿈 담으면

잠들었던 그대 눈빛
초롱초롱 별이 되어 피어나려니

포장마차 한 잔 술

지붕도 없이 별이 총총한
이 포장마차에는
다정한 눈빛들 오고 가는데

혼자 따르고
혼자 마시는 이 잔으로
젖어드는 외로움 어찌 지울까

친구여 오라
저 세상 있네 없네 다투던 친구도 오고
그토록 무섭던 아내가
가고 나니 정말 그립다던 친구도 오라

그래,
누구라도 그 삶에
짙은 사연 하나쯤은 숨어있으려니

함께하는 친구여
내가 따르는 이 한 잔엔
술 반 정 반 채우고
반짝이는 저 별 하나 얹어 주겠네